나도 행복을 말하고 싶다

나도 행복을 말하고 싶다

안효근

뱅크북

서평

자연에서 얻은 詩가락의 행복 언어

시조시인 박봉주(가람문학회장, 유머리스트)

최근 '나는 자연인이다.'란 TV프로가 인기다. 무인도 같은 오지 속에서의 생활은 남자라면 누구나 한 번쯤 꿈꾸어 보는 이상향 같은 곳이기도 하다. 그 로망(roman)을 안효근 시인은 누리고 있다. 안 시인은 삶 자체가 자연인이다.

강원도 인제 설악산 줄기에서 안 시인의 삶은 요람의 놀이터요, 유년의 노래요, 시의 향기요, 약초의 향기요, 건강의 축복이고 삶의 찬가다. 그래서 그의 시·산문을 읽고 있노라면 금방 자연의 품 안에 안긴 것 같고, 약초같이 향기로운 음악이 흘러나오는 것 같아서 힐링이 된다.

시인, 작곡가, 약초꾼, 가스용접기술자 등 다방면의 삶이 녹아 있는 『나도 행복을 말하고 싶다』는 한 소년의 성장기가 담긴 자서전 같은 시집이자 산문집이다.

아름다운 고향에서 때로는 시로, 때로는 호소력 짙은 노래로, 때로는 진솔한 사연으로 풀어낸 솜씨에 같은 글밭을 일구는 문인으로서 울림이 왔다.

그가 병을 얻은 것은 자연을 떠났기 때문이요, 그가 건강을 얻은 것은 자연을 찾았기 때문이리라. 그래서 그는 자연에서 얻은 시에 약초 향기를 뿌리고, 자 연에서 얻은 삶에 가락을 얹어서 노래하며 지은 시·산문집 『나도 행복을 말하고 싶다』 詩 가락은 독자와 공유하기 위한 소통의 시이고, 힐링의 노래이고, 행복 언어일 것이다.

작가의 말

그해 여름 유난히도 비가 많이 왔습니다. 지나 간 여름이 참 지루하고 우울한 해였습니다. 밝은 태양이 떠올라 전염병 코로나19좀 싹 말려 줬으면 좋겠습니다.

비가 오니 일도 끊기고 집에 있는 날이 더 많았습니다. 누구도 알지 못했던 인류를 위협하는 신종 전염병이 생기고 인간이 파놓은 덫에 걸려 꼼짝 못 하게 발을 묶어 놓았습니다.

이제 겨울입니다. 추위에 떨며 생계를 위해 건설 현장을 누빕니다. 온몸이 아프고 고단하지만 가난은 내게 시련도 아픔도 모두 그 무언가에 의해 사라집니다. 바로 시 한수 위로 삼고, 노랫가락에 마음을 위로합니다.

책 한 권, 시 한 줄 팔아 쌀 한 톨 못 사는 인생 그래도 글을 쓰면 행복합니다.

전염병으로 세상을 바꿔놓은 일상 보고 싶은 사람을 만나고 싶어도, 함께 하고 싶어도, 두려운 마음이 생겨 내가 누군가에게 피해를 주지 않을까 해서입니다.

요즘은 방구석에 들어앉아 희망을 주는 곡을 쓰며 노래를 짓고 있습니다. 흥겨운 리듬에 답답한 일상을 떨쳐 버리고 싶어서입니다.

누군가에게 희망을 주는 노래, 누군가에게 꿈과 용기를 주는 노래, 누군가에게 희망과 용기를 주는 시….

누군가에게 행복을 준다면 나 자신도 행복해집니다.

어린 시절 동심으로 돌아가는 꿈을 꾸었습니다. 청정 자연 나의 살던 고향 강원도 인제군 두메산골 그 옛날 호랑이가 출몰하던 곳 바로 자작나무 숲 이야기를 할까 합니다.

노래로 만들어 누구나 따라 부를 수 있는 곡 지금은 국민가요로 대중들과 함께하고 있습니다. 내 마음도 자작자작 타오르고 그리운 고향을 향하고 있습니다.

유난히도 힘들었던 2020년을 뒤로하고 새로운 마음으로 글을 쓰며 2021년을 희망의 해로 더욱더 도약해 모든 분들의 축복과 희망과 행복을 배달합니다.

2021년 3월 안효근

차례

1부
소망을 담고(소망 시)

봄바람 불어오면
당신의 향기
행복을 배달해요
구름 같은 인생
꽃나비 사랑
지쳤거나 아무 생각 없거나

봄바람 불어오면

입춘의 길목에서
꽃샘추위 시샘하니

물오른
가지마다 봉긋한 수줍음

어여쁜 새색시
꽃단장 하네

그대 얼굴 보고픈데
그대는 숨바꼭질

임 오실 날 손꼽아 기다리는
순정의 이내 마음

차디찬
삭풍이 얼리는 구나

봄의 첫 향기
생강나무 꽃

방긋 웃는 얼굴
초봄이여 어서 오너라.

당신의 향기

당신은 꽃처럼 향기를 닮았네
사랑은 운명처럼 짠하고 나타나니

우리의 사랑 별빛 되어
반짝 반짝 빛이납니다

오월의 아름다운 당신은 꽃의 여왕
당신은 내 사랑 하나뿐인 나의 왕자

사랑은 두눈가득 반짝 반짝
멈출 듯 뛰는 가슴 그대는 나의 꽃

보고 있어도 보고 싶은
사랑으로 맺어진 달콤한 우리의 사랑

행복을 배달해요

오늘도 내일도 행복을 위해
언제나 사랑하면 행복이오죠

힘들고 지칠 때 활짝 웃어주세요
나는요 행복을 싣고 온 배달부

이제는 행복한 사랑 사랑 해봐요
내 맘에 담아서 행복을 꿈꿔요

행복은 어디에서 찾을 수 있을까
멀리도 가까이도 내 맘 몰라요

꿈과 희망은 행복을 위한
우리들의 간절한 소망.

어른을 위한 동요를 만듭니다.
자작나무숲 구자일 작곡가님이 작곡을 하신
어른들을 위한 동요입니다.

행복을 배달해 드리러 가겠습니다.
오늘도 내일도 웃으면 행복이 와요.
오늘도 행복을 배달하려 글을 씁니다.

나도 행복을 말하고 싶다

인생은 미완성

가질 수 없는 너의 눈빛
살랑 살랑 흔드는 꽃바람

사랑이 그리도 그리웠던가
얼마나 긴 세월 지나갔는지

강물처럼 구름처럼
흘러가는 인생아

잊지 못한 지나간 세월
울퉁불퉁 비포장 자갈 길

내게도 꿈과 사랑 가득 했다네
인생아 사랑아

불러도 대답이 없네
언젠가 꿈을 찾아 떠나 가런다.

꽃나비 사랑

그냥 스쳐가는 바람이려나
꽃잎은 떨어져 바람이 데려 가네

달콤함을 맛보며 꽃잎에 빠져드는
벌과 나비는 우리네 사랑

혼돈의 시대 곤충을 유혹하듯
길거리엔 반짝이는 네온사인

꽃과 꿀을 찾는 곤충들처럼
사랑을 유혹하는 꽃잎들처럼

사랑이란 벌에 쏘이고
달콤한 꿀에 취해도

거리의 네온사인 현란한 리듬에 맞추어
광기어린 몸을 흔든다.

지쳤거나 아무 생각 없거나

시간은 잡을 수 없는 공간
봄 현상에 갇혀 사는 답답한 일상 때문일까
인류가 파놓은 덫에 걸려 헤매는 잔혹한 봄

촌각을 다투는 방역과 치료
힘겨운 사회적 자가 격리
언제쯤 지나 가려나

조금씩 지쳐 가는 공허한 마음
거리엔 늘어가는 바둑판의 꽃놀이패
남을 위한 배려가 필요하다

위험 요소가 너무 많다
나는 아니 다는 아니한 생각들
불순한 이기주의적 망상의 집회들

힘들고 지치고
아무 생각 없이 보낸
무의미한 시간은 하염없이 흘러간다

어쩌면 위기가
새로운 희망이 될 수도 있다는 생각을 하며
주어진 환경과 일상에 충실 하자

기본적으로
기본에만 충실하다면
그래도 따뜻한 사회가 되지 않을까?

2부
꿈꾸는 삶이 아름답다(꿈을 닮은 시)

진달래 향기

잎새도 없는 너 가련하게 피어나
고향의 봄 길목에 아련한 추억
앞동산 진달래 향기 코끝에 감돈다

툭하고 터질 듯 내 가슴엔 그리움
떠나온 고향생각 내 사랑 못 잊어서
오늘도 내 임의 향수 마음속이 애달다

툭하고 터질 듯 내 마음속 애틋함
떠나간 내님은 그 어디에 있을까
언젠가 만나리라 애달은 이내사랑

오늘도 너의 생각 그리운 사랑이여
사랑도 행복도 슬픔도 모두 담아
흐르는 저 강물에 사연을 싣고 실어
내 소식 전하렵니다.

못 잊을 사랑

갈대 위에 눈꽃피던 강변 길 따라
물굽이 산굽이 휘돌아 주름살로 만난 사랑

눈빛보고 손잡아 보니
잊혀진 옛 시절 그리웁구나

아 돌아 갈수 없는 그 시절
아 돌아가고픈 그리운 옛 사랑

이제와 후회하며 흘리는 눈물
빛바랜 못 잊을 사랑
내생에 영원한 사랑

고향의 못 잊을 사랑
내 생에 못 잊을 사랑

어느 날 한통의 전화 벨이 울렸다.
자작나무 숲의 가수 금채….

금채연예협회 대표님이시다.
요즘 노래 작업 같이하며 신인 가수 발굴을 한다.

– 안시인 작사, 작곡 의뢰가 들어왔어.
– 네 대표님 어떤 스타일로 만들 건가요.
– 정통 트로트로 중년 남성이 부르실 겁니다.
– 네.

대답을 하고 작품 구상에 들어갔다.
"못 잊을 사랑" 가수 이송 곡을 대표님이 붙여
노래가 완성 되었다.

인생은 돈

만감(萬感)이 교차하는
상념(想念)의 시간

인생의 번뇌(煩惱)을 떨쳐 버려
마음에서 부터 자유를 갈망한다

노동의 고단한 육신을 달래려
한컵의 술을 벌컥댄다

지난날의 회환(回還)
후회도 그리움도 지우개로 지운다

살아온 세월 가슴에 묻으려
동네 철물점에 들려 빨래줄 서너 발 사서
동네 앞산 양지바른
소나무에 묶어둔다

야속한 세상 속세(俗世)의 연 그리 이여
하루하루 살아가는 고독한 인생사

시 한줄 팔어
책 한권 팔어
쌀 한톨 못 사는 인생
그것이 인생인 것을

오늘도 한끼때울 쌀 한톨 얻기 위해
노동의 땀으로 범벅된 건설 현장을 누빈다.

– 한잔의 술로 저녁의 허기를 달랜다.

글을 쓰며 살기엔 너무나 현실적으로 가난한 삶
건설 현장의 거친 노동과 거친 말투
견기기 힘든 좌절과 고통을 시 한줄로 위로 삼는다.

내일은 또 내일의 희망…
불꽃을 튀기며 용광로 같은 쇳물을 이어 붙인다.

– 안시인 힘을 내자.

힘들고 어려운 일이라도 마음먹기에 달린 것 같다.

당신만을

사랑으로 맺어진 우리의 두 사람
천년이 지난다 해도
변하지 않는 천일홍처럼
우아한 당신의 향기처럼
난 당신을 만나고
당신은 나를 만나서
힘든 세월 함께한 우리들의 사랑이
비바람에도 흔들리지마

사랑으로 맺어진 우리의 두 사람
천년이 지난다 해도
변하지 않는 천일홍처럼
우아한 당신의 향기처럼
난 당신을 만나고
당신은 나를 만나서
힘든 세월 함께한 우리들의 사랑이
비바람에도 흔들리지마

힘든 세월 함께한 우리들의 사랑이
비바람에도 흔들리지마

– 당신만을 이란 곡을 작사를 하고
우여 곡절 끝에 음원으로 발매 했다.
정통 트로트 마이너 곡이라 구슬프 듯
사랑을 노래했다.
김우란 가수님이 잘 불러 주셔서
좋은 곡으로 탄생 했습니다.

대중의 사랑을 받기란
여간 힘든 일이 아니다.
노래를 만들고 창작을 한다는 것은
고통이 따른다.
만들기는 힘들지만 그래도 보람을 느끼니
그것이 내 행복이다.

같이 삽시다

어제가 그랫듯 오늘도 살아갑니다
눈 뜨면 또 하루 그렇게 시작이 되고
오늘도 산 다는 건 꽃이 피고 지는 것

바람 부는 세상을 걸어갑니다
비가 오는 거리를 걸어갑니다
뛰어야 산 다고 세상은 말 합니다

급할 건 없어요
천천히 걸어갑시다

약속을 잊어버린 나의 꿈
살다 보면 잊혀지는 그것은 인생

다 같이갑시다
다 같이삽시다

그래도 산 다는 건 행복이 아닐까요
행복이 아닐까요.

아버지의 겨울

추위가 몰려오는 겨울
시린 어깨위로 파고드는 그리움

지게를 지고 힘겹게
산을 내려오시는 아버지

새고자리 위로 수북한 나뭇가지는
축 처진 아버지 어깨위로
겨울이 무겁게 짓누르고 있었다

언 몸을 녹여줄 구들장의 온기가
아랫목에 훈훈하게 느껴지는 모정의 세월

엄마의 부엌은 따스한 장작불이 활활 타오르고
굴뚝에 연기가 모락모락 피어나는
그런 산골의 겨울나기

풍경은 고요하고
아름다운 멋이 있지만 고된 하루의 일상

그렇게 또
혹독한 겨울의 추위가 왔다

햇살이 비추인 고향집 처마엔
고드름이 뚝뚝뚝 눈물을 흘린다

봄을 재촉하며…

내 생애 꽃

큰 짐을 등에 지고 살아온 우리
힘들고 숨 가쁘게 살았던 가요
서로의 아픔을 달래 가면서
우리서로 만났으니 잘살아 봐요
한줄기 빛 되어 찾아온 당신
서로가 의지 하며 손잡아 주며
남은 인생 행복하게 잘살아 봐요
그대는 내 생애 꽃이랍니다

큰 짐을 등에 지고 살아온 우리
힘들고 숨 가쁘게 살았던 가요
서로의 아픔을 달래 가면서
우리서로 만났으니 잘살아 봐요
한줄기 빛 되어 찾아온 당신
그대는 오직하나 나만의 사랑
남은 인생 행복하게 잘살아 봐요
그대는 내 생애 꽃이랍니다

한줄기 빛 되어 찾아온 당신
그대는 오직하나 나만의 사랑
남은 인생 행복하게 잘살아 봐요
그대는 내 생애 꽃이랍니다.

- 처음으로 작곡을 해서 만든 시 노래 작품입니다.
이 노래는 조카 가수 안혁 타이틀 곡으로
만들었습니다.

힘들게 살아온 세월 우리 모두 잘 살아 보자는
희망의 노래를 부릅니다.

3부
자연을 꿈꾸며 (현대 시조)

네발 자전거

달려라 네바퀴로
달려라 아장 아장

땅 꼬마 귀여운 너
자전거 타고 노니

두 발로
홀로 섰을 때
그 기쁨 언제나 알까요.

오월을 부르며

꽃 잔치 하는구나
초록초록 울긋불긋

저 산야 푸르름이
아름답게 물들었네

야생화
예쁜 자태에
시선이 머무누나.

아버지와 돌탑

아버지 시골집에
돌탑을 쌓아본다

소원을 빌어 볼까
드디어 완성이네

가정에
행복과 건강
이 또한 복이구나.

토종 벌

지나던 나그네 벌
쉬었다 가려무나

집 한칸 지었으니
분양해 주겠노라

비 오는
이런 날에는
놀다가 쉬어가렴.

꽃비 나리다

바람에 춤을 추며
흩날린 꽃잎이여

다정한 연인들의
아름다운 꽃놀이

봄바람
설레임 안고
두근대는 이내 맘.

꿈꾸는 하루

오늘도 집을나서
깊은 산 첩첩산중

전설을 찾아나선
약초꾼 일상에는

대물의
꿈을 꾸는 나
그 이름은 심마니.

자연인의 삶

산으로 빠져 든다
어디로 가는 걸까

지나는 먹구름에
소낙비 내리는 날

어디로
가야하는가
나그네의 발길아

시원한 물줄기에
마음도 뺏겼으니

바위에 걸터앉아
시 한수 읊어본다

청산은
나의 쉼터라
노래하며 춤추네

물소리 고요하게
자장가 부르는데

바위 밑 산메기야
나와라 놀아보자

어머니
끓여주시는
자연의 맛 매운탕

조금 더 올라서니
자연에 식재료라

이곳은 자연마트
산촌에 행복이지

조금씩
체취하여
저녁밥상 오르네

물맑은 산촌이라
부모님 건강하니

이 또한 복일지라
한시름 놓이누나

행복한
노후 위하여
선택한길 고향 길

고향에 친구 분들
정답게 사시니까

고맙고 보기 좋은
노후라 행복한지

다음 번
고향 가면은
안부부터 물으리.

산 사람의 하루

오월의 풍성함에
고개든 신선초여

산신령 오셨으니
점지해 주셨느니

얼씨구
좋구나 좋아
심 이로세 심 봤다.

할미꽃

산중턱 언저리에
외로이 피었구나

누가와 반겨주리
백발의 할미꽃을

꼬부랑
고운 머릿결
아름답게 날리네.

봄비 오는 날

비바람 스쳐지나
들풀은 생기 돌고

물방울 머금고서
풀 향기 뿜어댄다

저 산야
푸른 물감이
초록초록 빛나네.

잡초

아무도 찾지 않는
저 언덕 언저리에

엉겅퀴 꽃대 올려
누구를 기다리나

이름도
모를 잡초엔
향기만이 더하네.

물은 흐른다

자연의 이치인가
시간의 굴레인가

흐르는 물과 같이
세월도 가는 구나

떠나간
기차역 처럼
가슴 한 곁 휭 하네.

어느 일용직의 꿈

꿈 많은 청춘이야
어느새 지나가네

하고픈 일들이야
무수히 많았거늘

노동자
하루살인가
고달픈 이 현실에

하루를 살아가는
방식은 다르지만

나름에 자부심과
긍지를 가지고서

오늘도
현장을 뛰며
인생 공부 한다네.

겨울이 가는 소리

겨울이 가는 소리, 동요의 한 구절이 생각난다.
봄이 오면 산에 들에 진달래 피네….

아름다운 자연을 친구 삼아 놀던 생각, 사람이라고는 찾아보기 힘든 첩첩산중 놀이터는 냇가에서 가재 잡던 기억이 선하다.

두껍게 얼었던 얼음 속은 아우성이다. 봄을 재촉하는 물소리 곳곳이 녹아 속살이 환하게 비친다. 천진난만한 소년은 춥지도 않은가 보다.

강원도는 4월초까지 얼음도 안 녹고 눈도 많이 내린다. 나무로 잘 깍아 만든 스키 소년보다 키가 크다. 자그마한 아홉 살의 소년은 장화를 신고 눈이 폭폭 빠지는 산비탈 화전 밭으로 오른다.

– 야호 신난다.

이제부터 신나는 스키 점프….
산골소년은 혼자 중얼 거린다.

 – 이번에는 꼭 성공해야지.
비탈진 밭에서 타고 내려오며 다랭이 논으로 날아 떨어지며
착지… – 넘어지면 엉덩방아

–아이야….
–아프다. 열 번은 타고 내려와야 한번 성공 한다.

땡땡 얼은 눈이라 스피드가 대단히 빨랐다. 산골소년은 지칠
줄도 모르고 겨울을 즐겼다.

 – 예야 밥은 먹고 놀거라, 할아버지 목소리가 들렸다.
 – 네 할아버지 한번만 더 타고요.
 – 소년은 큰소리로 외쳤다.

할아버지의 사랑이 그립다. 멈춰진 기억 되돌려 본다.
그랬다 그래서 인지 중년이 된 지금도 스피드를 즐긴다. 계곡
에서 얼음 타는 재미도 솔솔 했던 나날들 외발썰매가 그중에
제일 타고 싶었다. 아버지를 졸라 만들어 달라고 떼를 쓴다.

옛날부터 자급자족으로 생활하는 산골은 필요하면 뭐든 만
들어 쓴다. 때론 대장간의 호미와 쟁기, 부엌의 식칼도 시뻘

젖게 달궈진 쇳조각을 화로에서 꺼내 망치로 두드려 모양을 만들고 담금질로 인장강도를 높였다.

뚝딱하면 만들어 지는 것이 신기했다. 썰매날도 이렇게 만들어 나무로 깍은 썰매에 박아 만들었다. 신이 나서 외발썰매를 들고 개울로 향했다. 얼음위에 놓고 타려는 순간 중심을 잡지 못한 것이다.

- 형들은 참 잘 타던데…

넘어지고 엉덩방아 찌고 그래도 산골 소년은 즐거워했다.

- 벌써 눈이 녹네 아쉽게도 …

소년은 겨울도 참 좋아 했다.
그렇게 겨울은 가고 꽃피는 봄이 온다. 계곡의 물도 얼굴을 드러냈다.

새벽에는 아직도 쌀쌀하다. 굴뚝엔 흰 연기가 피어오른다. 어머니는 가마솥에 밥을 안친다. 안방의 아랫목은 뜨끈뜨끈 하다.

- 산골 소년에게 남아있는 아홉 살의 기억 중에서

버들피리 부는 소년

봄비가 촉촉이 대지를 적신다. 냇가에 버들강아지가 꿈틀댄다. 겨울잠에서 깨어난 개구리도 개굴개굴 짝을 찾아 노래를 부른다.

만물이 소생하는 봄, 겨울에 움츠려든 기지개를 펴고 새싹이 고개를 내민다. 산골 소년은 잔뜩 물이 오른 버드나무 가지를 잘라 피리를 만든다.

버들피리 일상의 유일한 놀이다. 리코더 하나 없는 산골에서 버들피리로 동요를 불렀다. 아는 동요라고는 아버지가 불러 주시던 고향에 봄, 오빠생각, 등등…

– 나의 살던 고향은 꽃피는 산골 … 유년 시절 향수가 그립다.

어렴풋이 소년은 하모니카를 떠올렸다. 아버지께서 불러 주시던 하모니카 선율… 텔레비전도 전기도 없는 산골에서 듣는 아름다운 하모니였다. 그렇게 음악을 접했다. 일곱 살은 소년의 인생에 큰 기회가 될 대반전 이었다.

중년이 된 소년은 작사도 하고 작곡도 해서 발표까지 했던 것이다. 버들피리로 불던 노래 아버지의 하모니카는 처음 보는 신기한 물건이었다.

그 소년은 문화를 접하지 못하였다. 눈앞에 보이는 건 겹이 둘러싸여 있는 산등성이, 계단처럼 보이는 계곡 따라 이어진 다랭이 논 겨울에 눈썰매, 비료포대 타고 놀던 옥수수와 감자를 심은 화전밭….

봄에 엄마하고 산나물 뜯으러 다니며 불던 피리….

소년 입에는 버들피리를 항상 불고 다녔다. 소년은 조그맣고 체구도 작았다. 엄마가 말씀하신다.

– 밤에 피리불면 뱀 나온다.

엄마하고 추억도 일곱 살은 좋았던 기억 장날에 따라나서 십리를 걸어 한 시간 남짓 버스를 기다리고 완행버스를 타고 신작로를 내달리는 버스….

창밖엔 먼지를 펄펄 날리며 신작로를 내 달린다. 소년은 차멀미가 난다.

– 아 촌놈…

심호흡을 하면 턱까지 차오른 멀미를 억지로 참아낸다.
오늘은 남면 장날이다. 엄마는 팥 한말 등에 지고 장에 내다
팔아 생필품을 사야하신다. 그 고단한 삶을 소년은 모를 것이
다. 마냥 소년은 신기하고 좋았다. 보통은 도시락을 싸서 장
에 가신다.

엄마의 말씀,
– 오늘은 맛있는 자장면 먹자.

소년은 처음으로 중국집에 들어선다.

주인장이 컵에 엽차 따라주며,
– 뭐 드실라우?
엄마는 주문을 하셨다.

– 자장면 두 그릇 주세요.

엄마가 비벼 주셨다. 시커먼 장에다 국수를 비빈다. 꿀맛 신
세계다. 아마도 150원짜리 자장면 한 그릇….

그 당시 산골 살림살이엔 분명 부담되는 돈이다.

산골에서 장날 곡식을 내다 팔아야 생필품과 식료품을 사먹
을 수 있었을 것이다. 그 어느 장날 점심때 처음 먹어본 자장

면….

그 맛은 지금 어느 맛있는 집에서도 찾아 볼 수 없었다. 버들
피리를 불며 놀던 산골소년 오늘도 그 맛을 찾아 나선다.

자작나무 숲 사이로

이제는 모르는 사람이 없을 정도로 유명한 유원지가 되었다. 바로 속삭이는 자작나무숲 이야기입니다.

40여년의 세월 잊고 지내고 있었다. 가끔은 고향 생각은 났지만 설마 전기도 신작로도 없던 곳이 세월이 흘러 도로가 나고 관광객이 몰려오는 유명한 곳으로 변할 줄은 모르고 있었다. 1970년대 초반부터 심기 시작한 자작나무 숲이 조성되기 까지는 반백년의 세월이 흘렀다.

－와－늘씬하게 뻗은 나무들⋯ 감탄이 절로 나온다.

벌써 두서너 번 찾았다.

－산길은 그대로네

이산을 넘고 넘어 안저울을 지나 정자리 고모님 댁에 간 경험이 있다. 어려서 인지라 어렴풋 떠오른다. 고모님은 늘 반갑게 대해주셨다. 아마도 내 또래의 누나가 한명 있어서 같이 놀 수 있어 좋았던거 같다.

자작나무는 소년의 일생에 큰 변화 점을 가져왔다. 십 여년 전 부모님은 도회지를 떠나 고향의 품으로 귀촌 하셨다. 반백년 만에 타향살이를 끝내셨다. 자식들 출가 다시키고 이제 편안하게 고향의 친구와 고향땅에서 살고 계신다.

얼마 전 시골집에 내려갔을 때 엄마가 말씀하셨다. 자작나무 숲 노래를 만들어 보라 하셨다. 너무 생소했다. 글을 쓰던 터라 시에다 리듬만 붙이면 되겠구나 생각을 했지만 결코 쉬운 일은 아니었다.

얼마 전에 제2 시선집을 출간했다.

ㅡ아 이거야.

눈에 딱 들어온 118페이지… 속삭이는 자작나무숲 이라는 수필 이였다. 하지만 노래로 하기엔 너무 길었다.

ㅡ그래 함축적인 시어로 만들어보자.
ㅡ 마음속으로 그려보았다.

자작나무 장작을 땔감으로 아궁이에 불을 붙이면 자작자작 소리를 내며탄다. 순간 뇌리에 스쳤다. 힌트를 얻은 것이다. 항상 고향에 갈 때면 마음이 설렌다.

항상 자연을 주제로 삼았다.

– 자작자작 타오르는 설레임 안고…
– 우리얘기 속삭이는 자작나무숲…

노랫말이 완성되었다.

– 휴 ~ 또 문제여 곡을 어떻게 붙일까?
– 알고 지내던 작곡가도 없고 … 그렇게 몇 달이 흘렀다.

(우연한 만남)

충청남도 당진에서 인연이 시작되었다.
그 당시 H시인 초대로 잠시 당진에 갔었다.
우연히 서각작품 하시는 k작가님이 작품 전시회를 열었다.
H시인의 전화기가 요란하게 노래를 한다.

– 여보세요.
– 아 그러세요.

– 지금 손님이 오셔서요.
– 아, 그래도 될까요.

H시인은 전화를 끊고 묻는다.

- 당진 시립 전시관에서 K작가님 작품 전시회가 있으니 같이 가실래요.

좀 황당했다. 누군지도 모르고 처음 뵙는 분들과 동행을 해야만 했다. 좀 어색하고 왠지 불편한 동행 이였다.

- 같이 가도 될까요? 안시인….
- 네 뭐….
- 여기서 혼자 기다릴 수도 없으니….

하는 수 없이 길을 따라 나섰다. 늦잠을 자 세수도 안하고 모자를 푹 눌러쓴 그가 말했다.

- 다들 좋으신 분들이라고..
- 안시인 신경 쓰지 말고 갑시다.

처음 보는 분들은 어색해서 낯을 가리는 편이라….

여기서 만난 분 하모니카와 우쿨렐레를 연주하시는 강사 선생님이었다. 노래도 잘 부르시고, 악기도 잘 다루시는 다재다능하신 분이였다. 말씀도 잘 하시고, 봉사 활동도 많이 하시는 분 이셨다.

이쯤에서 이 야기는 뒤로 하고….
자작나무 숲 사이로 이야기를 다시 시작합니다.

그 후로 연락도 없었다. 그 유명한 자작나무숲 작곡가 선생님에게 우연히 단체 카카오톡이 날라왔다. 요즘 핫한 너튜브 한다고 난리들이다. 이때다 싶어 번호도 따고 가끔씩 전화해서 안부를 여쭸다.

결정적으로 친해진 사건이 있었다. H시인네 집에서 자연산 산약초 능이버섯을 백숙을 끓였다. 능이버섯은 산골 소년이 약초꾼인지라 어렵지 않게 체취를 할 수 있었다, 눈 깜짝 할 사이에 전골냄비가 비워졌다.

작곡가 선생님이 말씀 하셨다.

─ 이런 맛은 처음입니다.
─ 입안에 버섯향이 가시질 않네요.

내가 아끼던 자작나무 종말굽 버섯 두개를 작곡가 선생님께 건냈다.

─ 선생님 좋은 약재니 차나 끓여 드세요.

일단 호감을 얻기 위해선 선물 공세가 최고이다.

─ 안시인 잘 먹을께요.

나는 이때다 싶어 작사해 놓은 자작나무숲을 카카오톡으로 전송했다.

- 선생님 곡 좀 부쳐주세요··· 하고 말했다.
작곡가 선생님이 말씀 하셨다.

- 그래요 한번 해 봅시다.

음악을 하시는 분이라 작곡도 하시리라 생각했었다. 기다리
고 또 기다렸다. 두달이 지났을 무렵 전화가 왔다.

- 시인님 노래를 완성 했네요.
- 가이드 송 녹음 했으니 들어 보세요.

자작나무숲 노래가 탄생되었다. 흥겹고 반복리듬에 중독성
이 느껴진다.

- 이제 노래를 부를 가수 섭외가 문제네···.

중년의 가수 한분은 알고 있던 터라 가이드 송으로 부른 노
래를 보내줬다. 편곡을 안 하고 악기 연주하며 부른 노래였
다.

- 이게 뭐야··· 하며
- 콧방귀를 ···

엥? 이게 뭐지? 난 기분이 썩 좋지는 않았다. 왜냐하면 그전
에도 작사를 의뢰 받아 써서 준적이 있었다.

– 응 좋아. 좋네요.

그 후 별말이 없었다.
뭐 이렇다 할… 말도 없이….

얼마 전에 그분 신곡을 듣게 되었다.

– 속으로 별로네….

내가 쓴 작사로 곡을 안 쓰고 본인 작사에 곡을 붙인 것이다.
섭섭하고 기분도 별로다. 다시는 작사 안 해 줄란다.

– 중얼 거렸다.

그렇게 또 몇 달의 시간이 흘렀다. 예전에 시인들의 모임 행
사에 초대 가수가 떠올랐다. 그 여가수를 찾기 위해 수소문
했다. 하루가 지났을까 드디어 연락이 왔다.

– 안녕하세요.
–아 네 반갑습니다.
–그때 행사에 참여한 누구누구입니다. 기억 하실지….
– 그럼 기억 하고말고요.
– 반갑네요.

– 제가 노래를 하나 만들었는데 들어 보실래요.
– 그래요.

난 카카오톡으로 노래… 가이드 송을 전송했다. 한참이 지나
서야 전화 벨이 울렸다.

- 노래 좋은데요.
- 이 노래 제가 부르고 싶네요.
- 녹음을 할 수 있게 편곡을 해서 주세요.
- 네 그런데 제가 편곡을 하실만하신 작곡 선생님을 몰라서요.
- 아시는 분 소개 좀 해주세요.
- 제가 알아보고 전화 드릴게요.

연예계도 만만치 않았다. 작곡가 선생님을 섭외해 2주 만에
편곡이 완성되었다. 녹음 하는 날 나도 참석을 했다. 금채 가
수도 컨디션이 좋은 듯했다. 코러스는 전우가 남긴 한마디를
부르신 유명하신 허성희 가수님께서 불러 주셨다. 나에겐 크
나큰 축복이였다.

그렇게 노래가 녹음 되었다. 속삭이는 자작나무숲 노래 엄마
가 만들어 보라고 한 노래… 자작나무 숲 가슴이 뿌듯하다.
동시에 아버지, 어머니도 동네 유명인사가 되셨다. 동네잔치
를 했다.

자작나무숲 작곡해 주신 선생님께 감사드리며 늘 건강하시
고 행복하시라는 말을 전해 드립니다.

자작자작 타 오르는 설레임으로…
속삭이는 자작나무숲 이야기를 마칩니다.

자작나무 숲

자작자작 타오르는 설레임 안고
우리 얘기 속삭이는 자작나무 숲
굽이굽이 산길을 걸어 오르면
새하얗고 뽀얀 속살 눈이 부시네

랄라라 라랄라라 랄라라 랄라
랄라라 랄라라 랄라
랄라라 라랄라라 랄라라 랄라
우리 얘기 속삭이는 자작나무 숲

청정자연 그곳은 마음에 고향
유년시절 꿈을 담고 자라나던 곳
햇살이 비추인 숲길 사이로
우리 얘기 속삭이는 자작나무 숲

랄라라 라랄라라 랄라라 랄라
랄라라 랄라라 랄라
우리 얘기 속삭이는 자작나무 숲
우리 얘기 속삭이는 자작나무 숲

– 건전가요로 기획하고 만든 노래
  많이 사랑해 주세요. 가수 금채님의
  풍성한 음성으로 들으시면
  힐링이 됩니다.

마음이 머무는 곳

언제 부터인가 몸과 마음은 늘 산에 있었다. 아마도 폐가 맑은 공기를 원해서였을 것이다. 30대 부터인가 기침을 늘 달고 살았다. 몸도 마르고 다소 여위어갔다.

병원을 찾아 검사를 해 보니 담배를 끊으면 살 수 있다고 의사 선생님께서 말씀 하셨다. 하루 2갑도 모자라 꽁초를 피우기도 했다. 니코틴 과다 의존….

폐가 혹사당하고 있었구나.

– 혼잣 말 –

휴 긴 한숨을 내 쉬었다.

– 사는 건 무엇인지…
– 인생은 무엇이지…

– 이대로 끝인가?
– 선생님, 상태는 좀 어떤가요?
– 아… 지금 COPD 진행 중입니다.
– 그게 무슨 병 인가요?

난 잠시 멍했다.

– 담배를 끊는 것이 최선의 치료제입니다.
– 맑은 공기 마시며 운동을 꾸준히 하세요.

특별한 치료제가 없다. 밖으로 나와 담배 한 모금을 내 뿜었다. 애연가가 담배를 버리는 건 어렵고 힘든 일이었다.

–아… 괴롭다.

담배를 완전히 끊는데 석달도 넘게 걸렸다. 일도 손에 안 잡히고 손도 바들바들 떨었다. 거의 집밖에 외출을 꺼렸다. 하루하루 먹고사는 일용직 건설 노동자의 삶, 아니 기능직 엔지니어였다. 병을 키운 건 직업도 한 몫을 한 것 같다.

난 알르곤 가스용접 기술자다. 용접할 때 유해가스에 많이 노출된다. 일을 좀 쉬었다. 거래처 소장님들 한테 전화가 많이 왔다.

– 안씨 일좀 나와. 요즘 뭐해?
– 요즘 바쁘고 사람도 못 구하네.

난 집에서 쉬면서도….

– 소장님, 저도 지금 일하고 있는 현장 마무리라도 해줘야 하는데요.

– 아 그래요? 일 끝나면 바로 전화 좀 주세요.
– 네 죄송해요. 소장님, 다음엔 꼭 도와드리겠습니다.

난 그냥 둘러 대고 전화를 끊었다. 생활이 쪼들리고 아내에게 미안했다. 잘 해주지도 못했는데…. 그냥 괜히 내 자신이 한없이 초라해진다. 정신을 차리고 동네 뒷산에 올랐다. 숨소리가 거칠다. 거의 숨넘어가기 직전에 산 중턱 바위에서 쉬었다. 공기가 참 맑고 신선했다. 어려서 산골에 살았던 나는 산과 계곡이 참 친숙했다. 마음이 머무는 곳은 바로 자연이다.

결심 했다. 산에서 살기로….

산에 오르다 보니 건강이 점차 회복된다. 어려서부터 보고 자란 약초들….

– 그래 약초를 배워보자.
– 일단 내가 아는 약초부터 찾아다녔다.
– 아무리 찾아도 보이지가 않았다.
– 사진과 비교해보고 자생지가 어디인지도 찾아보았다.
– 오늘도 꽝 허탕 … 빈 배낭만 메고 뚜벅이가 되었다.

삽주나 복령 각종 약초 캐는 일 송이버섯을 따서 생계를 유지해 살아가시던 부모님의 모습이 떠올랐다. 할아버지 따라 산에 갔을 때의 일이다. 양지바른 썩은 소나무 그루터기 주위를 꼬챙이로 쑤신다. 하얀 분말이 꼬챙이에 묻어 나오면 복령이다. 할아버지 옆에서 따라하다가 그만 복령 꼬챙이로 발등을 찔렀다. 피가 철철 흐른다. 일곱 살인가 여덟 살인가 기억은 희미하다.

할아버지 등에 업혀서 산을 내려왔다. 하지만 이제는 기억 저편에 자리하고 있다. 복령만 보면 할아버지가 떠오른다. 약초 공부를 시작 했다. 책과 인터넷으로 찾아보고 익혔다. 하지만 실전에서는 뭐가 뭔지 당체 모르겠다. 산에서 똑같은 약초를 찾기는 여간 힘든 일이 아니었다.

일단 어려서 접해본 약초만 찾아 다녔다. 서식 자생지를 찾아야 하기에 그 또한 어려웠다. 한번은 하수오를 찾으러 산행을 했다. 잎은 마주보고 하트모양 덩굴식물이라는 정보만 가지고 산으로 향했다. 뿌리는 대체로 길다는 정보 하나로….

찾았다. 기분이 좋아 캐서 보니 뿌리가 작았다. 이파리 하고 뿌리 사진을 찍어 아는 지인 형욱이 형님한테 보내봤다.

― 형님 이거 하수오 맞나요?
― 고생했다. 씻어서 뿌리를 날로 먹어라…
― 네 이게 뭔데요?
― 그건 산마 뿌리다. 위장병에 좋으니 먹어도 된다.

- 네 형님.

잎 모양새가 비슷해서 하수오로 알고 있었다. 그것 외에도 나중에 알아보니 비슷한 식물이 많았다. 박주가리, 산마 등이 비슷하다. 하트모양만 찾아 나섰다가 혼동된 것 이였다.

산을 타고 약초를 알아가다 보니 건강은 자동적으로 좋아지고 있었다. 다행이었다. 6개월 이란 기간을 놀며 산행만 했으니 경제적으로 무척이나 어려웠다. 건강을 찾은 것이 무엇보다도 값진 것이다. 돈은 일해서 벌면 되지만 건강은 한번 잃으면 끝이다.

약초를 배우며 산에 다니다 약초 박사님을 만났다. 우연한 만남 K대표를 만나 약초를 많이 배웠다. 우리 주변의 풀이 약초다 하시는 분, 관절과 뼈에 관해 약초를 연구하시는 분이시다.

약초 박사님께 많이 배우고 산에 더 마음이 머물며 자연을 노래하는 시를 더 많이 쓰게 되었다.

5부
행복을 여는 열쇠

행복이란?

인간은 태어나면서 부터 고통을 안고 산다. 어미 품에 안길 때 비로소 포근함에 안정된 미소를 띤다. 성장하면서 교육을 받으면서 성인이 되어서 각자의 삶이 다르게 변한다.

직업도 천차만별 물론 직업에는 귀천이 없다 하지만 세상은 쉽지가 않다. 부와 권력과 명예 모든 것을 누릴 수 있다고 과연 행복할까? 가난한 자와 못 배운 자 이들은 불행한 것일까?

모두가 그러하지는 않을 것이다. 단칸방에 온 가족이 살던 시절 대접에 물을 떠 놓은 방안에 살얼음이 얼었다. 춥고 배고 픔에 어렵게 살던 시절에도 그 집안에는 웃음이 가득 새어나 온다.

현시대 물질 만능시대… 모든 것을 소유하고 내 것이 되어야 행복을 다 가졌다고 말한다. 비교 당하고 무시당하고… 싫다. 나만의 조그마한 성에서 나의 행복을 찾는다. 나는 가난하다 많이 배우지도 못했다. 그러나 소소한 일상 속에서 벌어지는 작은 것에서 오는 것이 진정 행복이 아닐까 생각한다.

조그만 텃밭에 심은 채소가 크고 옥수수가 익어가는 풍경 난 그런 풍경이 좋다.

−자연과 더불어 살아도…
−넉넉하지 않은 삶일지라도…
−누가 뭐라고 해도 나만 좋으면 그만이지…

도심의 찌들은 매연과 미세 먼지는 숨이 갑갑하다.
난 행복을 찾아 오늘도 산에 오른다.

구름 같은 인생

가질 수 없는 너의 눈빛 살랑 살랑 흔드는 꽃바람 사랑이란 그리도 그리웠던가?

얼마나 긴 세월 기다렸는지 강물처럼 구름처럼 흘러가는 인생아…

잊지 못할 지나간 세월 울퉁불퉁 비포장 길…

내게도 꿈과 사랑이 가득했었다. 언젠가 그 길을 찾아 떠나가련다.

인연이란 만나고 헤어지고, 스쳐 지나가는 바람이다.

어려웠던 청년시절 공장 생활은 답답하고 힘들었다. 왜 이리 텃세가 심하던지 소심하고 내성적인 성격으로는 적응이 힘들었다. 서너 달을 다녀 본적이 없었다. 매번 싸운다.

– 난 잘하고 싶은데, 왜 나만 가지고 그래….
– 너 혼자 다 해 먹어라!

발로 걷어차고 나온다.
이놈에 성질머리 하고는, 누굴 닮은겨? 난….

군대를 제대 하고도 할 일이 없었다. 허성 세월로 시간만 죽인다. 힘든 나날들 그렇다고 누구한테 도움을 청할 처지도 아니였다.

결혼을 하면 철들을 줄 알았다. 안 해본 일이 없을 정도로 밑바닥 인생을 걸었다. 공돌이는 적성에 안 맞아 직장생활을 못했다. 건설 현장에서 벽돌도 지고 막일을 시작했다. 그나마 이일도 몸이 허약해서 오래 버티지 못했다.

– 안씨, 이것도 저기 옮겨 놓고….
– 네, 알겠습니다.

특별한 기술 없이는 일을 하며 살기 힘든 세상 이었다. 체력이 달린다. 아마 요령이 없어서 그런 것 같다. 지금은 건설 기술인이 되어있지만 그때는 너무 힘든 기억이다.

그 흔한 자격증 하나 없던 삶 너무 힘들었다. 대형면허에 트레일러 면허를 따고 시멘트운송 트레일러 운전기사로 취업했다. 그 당시 공장 다니는 직장인의 세배나 되는 돈을 벌었다.

잘 나갔다. 그러나 시련이 또 왔다. 기름 값 폭등으로 운수 회사의 타격이 불가피했다.

– 인생이 뭐이래….
– 왜 되는 일이 없는 걸까?

담배 한 개피를 입에 물었다.

–콜록 콜록

 요즘 담배를 많이 피워 기침도 하고 몸도 안 좋아 졌다.

– 그래 정신 바짝 차리자
– 누가 그러는데 아르곤용접하면 돈 많이 번 데네..

귀가 얇아서인가?

– 아 그래 그건 어떻게 하면 배우는데….

여기저기 알아보았다. 기간도 오래 걸리고 숙련공이 될 때까지의 노력이 필요하다. 6개월 과정의 직업전문학교에 입학했다. 새로운 것을 배우는 재미는 있었다. 그렇게 열심히 노력해서 특수용접 기능사 자격증을 취득했다.

취업의 문턱은 높았다. 배운다고 전부가 아니였다. 실무 경력과 숙련도가 중요하다. 인생의 고비마다 새로운 희망이 생긴

다. 새로운 도전으로 2년 후 용접기사 자격증도 취득했다. 도
전은 희망이었다.

– 안시인 넌 잘할 수 있어.

그 후로 도전은 계속 되었다.

추억속의 그리움

제일 좋아 하는 초등학교 어린 유년시절 친구들이 보고 싶어 거슬러 올라간다. 강산이 4번 변하는 시간에도 옛 모습 그대로 간직하며 늙어 가는 친구들 보고 싶다. 그만큼 순순한 시절의 친구들이 진정한 친구인거 같다.

1년의 소년의 추억을 더듬어 본다. 단 1년 만에 새로운 경험을 많이 한다. 갑자기 친구가 많아진 것이다. 산골오지에 살았던 소년은 12세 까지 문화를 접해보지 못했기에 모든 것이 새롭고 신기했다. 당연 외톨이 신세가 된다. 만화영화 주제로 얘기들 하면 도통 알아들을 수 없었다.

전교생 동생포함 5명의 분교에서 3개 반이 있는 면소재지의 학교는 엄청 크고 다양한 친구들과 어울리기는 쉽지가 않았다. 외소하고 소심한 성격 탓일까?

그렇게 소년은 6학년이 되었다. 전학을 오니까 괴롭히는 애들이 몇 명 있었다. 소년은 싸움의 기술은 없어도 산골 오지에서 살아온 터라 몸은 왜소해도 단단했다. 한마디로 맷집이 좋았다.

－ 덤벼! 이놈들아!
－ 지렁이도 밟으면 꿈틀 댄다!

소년의 성격은 열대 맞아도 한 대는 때려야 했다. 친구들은 나를 가만히 두지 않았다. 그중에 소년을 챙겨 주는 여자 친구가 있었다. 그 친구 지금도 기억이 선하다.

－ 잘살고 있지?
－ 건강하고 행복하길 바랄게, 친구야….

그렇게 몇 달이 지나니 싸웠던 친구가 더 친하게 되었다. 세월이 지난 지금도 소년이 된 것 같이 서로 만나면 즐겁다. 소년의 새로운 놀이터는 남한강의 모래사장이 축구장이다.

그 시절이 그리워 흔적을 밟았다. 흔적은 없어지고 보가 생겼고 모래더미가 쌓인 큰 산만이 나를 바라보고 있었다. 4대강 개발의 흔적뿐….

옛 흔적은 온데 간데 없고 개발이라는 명목아래 모래벌판은 울퉁불퉁 자갈밭으로 변해있었다. 폐허가 된 느낌이랄까?

괜히 찾았나? 그냥 맘속에 좋은 추억으로 담고 있을 걸 하는

생각을 했다. 그래도 살다보면 추억의 장소를 가 보고 싶을
때가있다.

풍양동 친구들 행복하게 잘 살기 바란다.

– 1년의 짧은 기억 중에…

공허 (空虛)

마음의 차디찬 서리가 내립니다
허공에 매달려 울부짖는 안타까운 현실의 벽

차가운 서리를 맞아야 더 무르익는 너는
온 몸이 새들의 부리에 찢겨져 나가도

그 맛스런 달콤함을 간직한 채
삭풍을 견디며 눈을 맞는다

익어갈수록 힘들다
익어갈수록 아프다
익어갈수록 버겁다
나약한 존재 그 자체가 현실이다

상지 끝의 마지막 홍시하나
달콤한 희망의 등불이 되어 주면 좋겠습니다

한 잎의 잎새마저 떨어져버린
허공의 허수아비가 되어 버린 나

덕분입니다
축복입니다
사랑입니다
희망입니다

한줄기 빛, 그래도 희망을 보았습니다
세상은 변하고 사람은 늙는다

오늘도 소년은 추억 속에
그리움을 찾아서 떠나는
나그네가 되었다.

옥수수가 익어가는 풍경

– 훠이훠이 이놈에 멧돼지들

옥수수 밭을 휘 젖고 다닌다. 산비탈 언저리에 시커먼 멧돼지가 나타나 영글어 가는 옥수수를 먹는다. 소리를 질러 쫓아낸다. 화들짝 놀란 멧돼지 줄행낭을 친다. 뜨거웠던 여름이 지나고 이제 제법 선선한 바람이 불어온다.

온 가족이 봉당에 둘러 앉아 모깃불을 피워놓고 옥수수를 먹는다. 산골에 흔한 주식으로 감자 옥수수는 구황작물 이었다. 쌀이 부족하다. 산속이라 일조량이 부족하고 논물도 차서 벼 수확량이 적어서였을 것이다. 소년의 기억으로는 매일 끼니마다 감자밥 옥수수밥이 주식 이었다.

어느 날 자원봉사 단체에서 산골 오지마을을 찾은 적이 있었다. 선물 꾸러미에 들은 라면이 처음 먹어 본 최고의 맛 이었다. 그 분들은 분교에서 하루 머물고 전교생 5명을 서울 견학을 시켜주셨다.

말로만 듣던 서울구경을 했다. 그 당시 10살 정도 되었던 거 같다. 아파트와 빌딩을 처음 구경했다. 산과 계곡으로 뛰어 놀던 소년 옥수수가 익어가는 풍경을 바라보며 자라던 소년 에게 도회지의 서울의 모습은 새롭게 다가왔다.

한강이 보이는 아파트에서 2박3일을 머무르며 서울의 명소 견학을 한 것으로 기억된다. 촌티가 주루룩 전교생 파란 트레 이닝복으로 입고 다녔다.

친 형제나 다름 없이 6학년 형이 동생들을 잘 챙겨 주었다. 가 끔 전화를 해서 안부를 묻는다. 세월이 무심히도 많이 흘렀 다. 머리도 주름살도 늘어 버린 세월….

— 형님, 건강히 잘 계시죠?
— 그래. 동생도 건강히 잘 지내시게….

코로나로 전염병이 뭐길래 어디 쉽게 누군가를 만나기란 여 간 힘든게 아니다. 전기도 신작로도 없던 산골 소년의 삶이 십년을 살고서야 밤에도 환히 밝은 백열등의 빛을 보았다.

그만큼 순박하고 해맑은 촌티 나던 소년 아직도 그때의 친구 들과 가끔은 통화를 하곤 한다.

마지막 잎새

떠날 수 없는 건 정 때문에
바람이 전하는 다정 한 말 한 마디

세파의 고단함도 세월에 묻어놓고
상처가 시릴 때 비로소 느낀 감정

한 잎의 잎새마저 떨어져버린
아 나는 들판의 허수아비 인생

지난 날 생각하며 한바탕 춤을 춘다
바람이 부는 데로 발길이 머무는 곳에

– 옥수수가 익어가는 풍경을 그리워하며

까만 유혹

어제가 그랬듯 오늘도 살아갑니다. 눈 뜨면 그렇게 하루가 시작되고, 오늘을 산다는 건 꽃이 피고 지는 것 약속을 잊어버린 나의 꿈을 위해서….

아메리카노 한잔을 들고 노트북을 켠다. 좋아하던 담배를 끊었기에 애연가이던 나에겐 참으로 힘든 시간이었다. 까만 유혹에 중독되어 오늘도 커피 한잔과 따스한 사랑을 마신다.

커피 한잔의 까만 유혹에 빠져, 오늘도 어느 카페에 앉아 시를 쓴다.

아버지의 겨울

추위가 몰려오는 겨울
시린 어깨위로 파고드는 그리움

지개를 지고 힘겹게
산을 내려오시는 아버지

새고자리 위로 수북한 나뭇가지는
축처진 아버지 어깨위로

겨울이 무겁게 짓누르고 있었다

언 몸을 녹여줄 구들장의 온기가
아랫목에 훈훈하게 느껴지는 모정의 세월

엄마의 부엌은 따스한 장작불이 활활 타오르고
굴뚝에 연기가 모락모락 피어나는

그런 산골의 겨울나기

풍경은 고요하고
아름다운 멋이 있지만 고된 하루의 일상

그렇게 또 혹독한 겨울이 왔다

햇살이 비추인 고향집 처마엔
고드름이 뚝뚝뚝 눈물을 흘린다

봄을 재촉하며…

산골에서 고향을 지키며 살아가시는 부모님을 생각해 봅니다. 열악한 환경에 겨울이라 추워서 고생하시는 시골의 부모님 자주 뵈러 가지도 못하고 장작도 패드려야 하는데 못 도와드린 게 안타깝습니다.

이제라도 자주 가 뵈어야겠습니다. 얼마 전 할머니의 별세로 아버지도 마음이 허전 하신 것 같아 보였습니다. 건강하게 행복하게 오래 사시길 기도합니다.

그대를
만난 날 난 반했다

그대
향기에 취해서

까만
유혹 그대는 커피

아 중독된 건가
그대 매력에…

6부
내 삶의 변화와 시

이것이 인생이다
회한이 머무는 고갯마루
내 삶의 굴레 속에
내 인생이 뭐 이래

이것이 인생이다

물론 국문학을 전공하지는 않았다. 하지만 글을 쓰는 것을 무척이나 좋아했다. 현장에 몸담고 엔지니어란 이름으로 작업복을 입고 땀을 흘리며 살던 나는 몸이 무척 안 좋아진다. 그좋아하던 연초(煙草)도 한 번에 가위로 썰었다. 기침을 하며 꼭 폐병 환자처럼 몸은 여위어간다.

만성 폐쇄성 질환이란 진단을 받는다. 미세먼지와 유해가스에 노출이 심한 직업이기 때문인가 곧바로 일을 그만 두고 산으로 향한다. 자연은 나를 품어주었다.

인생의 변화와 함께 태초에 산에서 태어난 강원 산간 오지의 고향 그 향수로 자연은 나에게 친숙한 곳 이었다. 그렇게 자연에 대하여 알아 가는게 무척이나 행복하였다.

어려서 배운 자연을 익히며 폐에 좋은 약초도 캐 먹으며 몇년이 흐른다. 몸이 치유가 되는 자연 몸과 마음은 가볍게 아내가 있는 집으로 향한다.

미안함과 고마움이 교차하는…

집은 포근했다. 매일 아침에 출근하듯 산을 향하고, 그렇게 일상이 되었다.

산은 내게 건강을 찾아준 의사 선생님이다. 산삼이란 좋은 약초도 내어준다. 그리고 또 하나 나를 시인으로 만들어준 대자연의 아름다움….

시를 짓고 나물 캐고 행복을 찾은 내 생의 변화를 가져온 표현의 방법으로 자연의 시를 쓰기 시작한다.

시인의 길로 가는
행복한 자연의 시인
그것은 제2의 인생
내 삶의 일부로 다가왔다.

회한이 머무는 고갯마루

길 떠나 나를 만난다. 추억의 책갈피 속 고개 마루, 까까머리 유년의 시절로 추억을 여행한다. 이제 막 초등학생의 모습을 벗은 앳된 소년은 산촌 오지 동아 분교에서 면소재지에 있는 대신 초등학교로 전학을 왔다.

새로 둥지를 틀은 보금자리는 참으로 낯설고 학교 가는 길도 설었다. 대신이라는 면 소재지 내가 살던 곳은 풍양동 이라는 농촌 마을 이었다. 그곳에서 3년을 보낸다.

부모님은 농사일을 하시고 고모, 막내삼촌, 할머니, 남동생 둘, 대가족 이었다. 고모는 여고 졸업반 삼촌도 대신고 졸업반이다. 고모는 학교를 안 보내 줘서 성냥 공장 다니다가 2년 늦게 고등과에 들어간 걸로 기억한다.

산촌 오지의 놀이 가재 잡아 검정 고무신 놀이와 참 비교가 되었다. 그래서인지 대신 친구들이 참 애착이가고 정겹다. 처

음으로 친구들이 많이 생겨서 그런 것 같다. 문명을 이제 막
접한 난 흑백 텔래비젼을 처음으로 6학년 때 접했다. 순수 그
자체 , 그러니 문맹이나 다름이 없었다.

이제 막 컬러 텔레비젼이 보급될 시기였다. 또래 아이들과 말
이 잘 안통하고 난 만화 영화 조차도 몰랐다. 혼란스러운 난
점차 적응이 되어간다.

동네 또래 친구는 철 이와 여자애들이 한 다섯 명 정도 된 걸
로 기억된다. 6학년에 처음 생긴 새침한 내 짝꿍은 오양으로
기억된다. 처음으로 짝이 있는 전교생 1000여명 되는 초등학
교 산촌에서 온 나에겐 어마 어마한 규모다.

아마 그 당시 말로만 듣던 서울 구경도 못해본 터라…
난 맨날 철이한테 맞고 울고 또 울던 생각 싸울 줄을 몰랐다.

오지의 순수하고 때 묻지 않은 소년은 그렇게 1년이 지나고
중학생이 되었다. 또한 학교 가는 길은 순탄치 않았다. 산길
로 통학하는 길이 있었다. 산 고개 넘고 넘어서, 참외밭을 지
나 배고픔에 서리해서 먹은 기억들….

– 야! 이놈들아, 참외밭 주인아저씨다!

깜짝 놀라며, 양손에 하나씩 들고 도망친다. 그 시절이 그립
다. 산 정상엔 선배라는 무시무시한 빠따가 기다리고 있었다.
여기서 준형이 등장한다. 먼 친척이다.

왜 그리 군기를 잡는지 어렵고 무서웠다. 그러나 나 또한 선임이 되어 되풀이 되는 모습에 왜 그랬을까 미안하고 후회스럽다. 군대에서도 그랬고….

지금의 내 모습 변했을까? 내 별명은 꼬라지다. 후임들이 지어준 이름으로 얼핏 들어도 상상이 갈 것 같다. 산골오지 순수한 소년은 사라지고 때가 묻은 것이다.

난 혼자 가끔은 후포리라는 동네로 먼 길을 돌아서 집에 갔다. 왠지 그 소녀를 만나지는 않을까해서다. 불과 엇그제 같은 느낌이 든다. 중년이 되어가는 난, 40여년 만에 그 고개 마루를 거닐어 보았다. 마음이 새록새록 하다. 요즘 학생들은 버스로 통학 하나보다. 세월의 저 편 그 오솔길을 2년을 넘어 다녔다.

지금은 숲이 된 그 길은 옛 정취만이 조금 남아 있었다. 흔적을 담고 있는 고갯마루, 썩어서 무너진 팔각정… 잠시 나마 추억을 회상해 본다.

난 가끔은 난 혼자만의 추억을 여행 한다. 지나온 세월을 거슬러 올라가는 시간 여행을….

인제 오지의 고향을 그리며, 산을 타며 또 하루를 스케치해 추억의 가방 속에 담는다. 순수한 산골 소년이 되어서….

– 풍양동 3년의 기억 중에

내 삶의 굴레 속에

끝없는 도전과 좌절 속에
지금까지 살아온 힘은 무엇이였을까?
깊은 수렁 속을 헤메이다 찾은 길
한 걸음 한 걸음 희망의 길을 걸어 여기까지 왔다.

내게 남은 시간이
얼마나 되는지 알 수는 없지만
현실에 만족하며
땀의 결실에 미래를 꿈꾼다.

힘겹게 살아온 삶에 기억
무의미하게 허비한 시간들
돌이켜 보면
청춘을 헛되게 보낸 게으름이 너무 후회된다.

정신을 차리니 빈 주머니와
빈 쌀독
어떻게 살아갈까 …
생을 마감할 나쁜 마음도 먹어보았다.

용기가 없었을까?

생각이 너무 많아 뜻대로 이루어지지 않았다.
결단 결심이 삼일
우유부단한 성격이 문제였다.

무작정 막노동판을 떠돈다.
벽돌도, 모래도, 질통에 지고 계단을 오른다.
안 해본 일이 없이
그렇게,

우연한 기회에 기술이란 단어
용접기술을 배우면
외국에 나가 큰 돈을 벌수 있다 하네,
인부들의 말소리가 내 귓가에 들려왔다.

바로 서점으로 달려가서 용접 학 이론 책을 사서
나름 열심히 공부도 했다.

실기가 문제다 경험도 없고 할 줄도 모른다.

무작정 용접공 구한다는 회사에 면접을 보았다.
그러나 세상은 외면했다. 빈틸털이… 인생!
하는 수 없이 집으로 갔다.
소 한 마리 팔아 달라고 하니
아버님의 불호령이 떨어진다.

도망치듯 집을 나와 직업전문 학교를 알아봤다.

때마침 숙식 제공되는 대기업에서 운영하는 곳이 있었다.

그 후 1년 용접 기능사
그 후로 2년 용접 산업기사 자격증을 거머 쥐었다.
지금까지 그때 그 시절의 뼈아픈 기억이
아직도 남아 있는 내 마음을 위로한다.

산전수전 격고 고난과 고초도
이제는 알거 같다.
왜 그리 생을 멀리 돌아 왔냐고
나에게 물어 본다.
비록 가난한 인생이라 하여도
시작과 끝이 아름다운
그래도 정이 흠뻑 묻어나는
나는 그런 사람이 되고 싶다.

베풀며 나누는
가진 건 없지만 마음만은 푸근한 동네 아저씨로
좋고 나쁜 인생은 따로 없듯
자기의 선택된 운명에 최선을 다하는 모습으로
오늘도 그렇게…

내 인생이 뭐 이래

용달을 타고 한 시간 남짓 달려 도착한 곳
도심의 가로수도 가을의 치장하고
만추의 낙엽 되어 흩날리던 어느 날
이해 관계 없는 장삿속 세상
조금의 배려와 함께 세상은 밝아진다
잡상인처럼 보이는 사람은
문전에서 외면을 당하나 봅니다.

양복을 입고 외제차를 타고
값 비싼 세단을 타야 굽신대는 인간들
용달차에 청바지 잠바를 걸치고 모자를 눌러쓴 외모
대머리가 살짝 올라간 모습은 누가 봐도 잡상인일까?

한손에 책 박스를 들고 문을 연다. 아는 얼굴은 보이지 않는다.
아마도 직원들이 있었나 보다.

– 대표님 뵈러 왔다고 물었다.
– 지금 안계시니 저기다 물건을 놓고 가세요.
– 어떻게 오셨나요? 뭐 이런 말도 없이….

납품하는 사람으로 생각 했나보다. 내 손이 너무나 부끄러웠다. 창피했다. 그래도 한때 저에게 호의를 베풀어 주신 분들께 무료로 시화집을 보내드리고 직접 찾아가 전달해 드리는 나로서는 너무 당황스럽고 황당한 상황이었다.

집에 낯선 개가 찾아들어도 밥은 주는데….
난 개보다 도 못한 사람인가?

친구한테 기별은 했지만 휴대전화 전원이 꺼져있단다.
하는 수 없이 그냥 발길을 돌려야만 했다.

– 커피 한잔 드실래요?

난 이 한마디가 참 정감이 간다. 시간이 흐른 뒤에 찻집을 하고 싶다. 조용히 글 쓰며 차 몇 잔 팔며 사는 평범한 글쟁이로….

친구를 좋아하고 술은 마실 줄 모르지만 분위기에 취해주는 나, 난 그런 친구들이 있어 좋다. 그래도 보고 싶은 친구들 만남을 위해 찾은 그곳에 내 시집을 갔다 놓으면 친구들이 모이지 않을까 하는 '바램' 이었나?

내 착각인가 보다.

세상은 그랬다, 은둔의 생활을 하며 시를 지으며 약초를 캐먹고 사는 난 너무도 순수했던 것일까? 친구에게 부담을 준거 같아 쓸쓸한 마음뿐이다.

얼른 책 상자를 내려놓고 불이 나게 밖으로 나왔다.
아… 앞이 어질했다.

파란색 용달차의 시동소리,
부르릉~ 부르릉~

희뿌연 매연을 뿜으며 요란한 엔진 소리와 함께 주차장을 벗어났다. 한참을 넋이 나가 내 달렸다. 차창 밖은 깊어가는 가을의 스산한 찬바람이 내 머릿결을 뒤 흔들고 있었다.
그대로 집으로 향했다. 어디 갈만한 데도 없이, 참 초라한 내모습과 이런 기분은 처음이다. 얼마나 시간이 흘렀을까 휴대전화 벨이 요란하게 울린다.

그 친구다. 난 애서 외면을 하고 고개를 돌렸다. 왠지 나도 모르게….

집으로 돌아와 씻지도 않은 채 거실 한 곁에 앉았다. 인생이란 무엇인가 하는 나름대로 잘 살았지만 난 바보다. 좀 약게살 걸….

세상은 참 별일이 많고 모두 내 마음 같지는 않다는 것이다. 자기 이윤과 상술 필요에 의해 만들어진 관계는 싫다. 베풀고 나누는 사람이 아름다운 모습으로 보인다. 각박한 이 세상 감정이 메말라 버린 개인주의 나만 아니면 된다 하는 생각들….

시화집을 보며 독자들의 행복과 기쁨을 느낄 수 있도록 '꽃 시 사랑' 동인 시화집을 무료로 배포하고 있습니다.

좋은 세상 밝고 따뜻한 마음으로….

이 글을 마치며

활동량이 적어 집에 머무는 시간이 많았습니다. 작사를 하며 시선3집을 집필 하려고 생각했습니다. 처음에는 수필집을 기획하였습니다. 수필을 쓰다 좋은 생각이 떠올랐습니다.

시와, 현대시조, 수필, 산문문학을 접목시켜 새로운 장르로 글을 써보자. 이렇게 완성된 에세이집 '나도 행복하다 말하고 싶다' 가 완성 되었습니다.

팬데믹으로 전 세계가 공포에 떠는 현실에 우리 모두 힘을 모아 이겨냅시다. 모임이나 친구를 좋아하고 한잔의 술잔을 기울일 친구도 만나기 힘든 무서운 전염병 때문에 답답한 일상이 계속 되었습니다.

하루 빨리 고통에서 벗어나 자유를 만끽 할 수 있는 여행을 하고 싶습니다. 쇼핑도 하고 여행도 하고 친구도 만나고….

잃어버린 1년, 잔혹한 2020년….

이제는 벗어나 활기찬 2021을 맞이하여 다 잘되길 바랄뿐입
니다. 국민의 피로도가 극에 달한 팬데믹 현상 독자 여러분들
건강히 행복하게 이겨냅시다.

오늘도 행복을 배달해 드립니다.

2021년 3월 안효근

나도 행복을 말하고 싶다

초판 발행일 / 2021년 3월 22일
지은이 / 안효근
발행처 / 뱅크북
출판등록 / 제2017-000055호
주소 / 서울시 금천구 가산동 시흥대로 123 다길
전화 / 02-866-9410
팩스 / 02-855-9411
email / san2315@naver.com
ISBN / 979-11-90046-20-6(03810)